Dominique Thompson

Gute Fahrt, Anna
Novelle

Impressum:
Herstellung und Verlag: BoD – Books on Demand, Norderstedt
ISBN: 9783741291999
Imprint: Books on Demand

Lektorat, Korrektorat & Buchsatz:
Fidelitas Autorenservice

Coverdesign:
Natalie Heinrich (NataLovesPie)

1. Auflage 2023
© 2022 Dominique Thompson
Alle Rechte vorbehalten.

Bibliografische Information der Deutschen Nationalbibliothek: Die Deutsche Nationalbibliothek verzeichnet diese Publikation in der Deutschen Nationalbibliografie; detaillierte bibliografische Daten sind im Internet über dnb.dnb.de abrufbar.

Für Mama

1

Ich schreckte aus dem Schlaf hoch und fragte mich, wo ich war. Ach, ich schlief im Zug ja immer ein. Der angenehm gepolsterte Ledersitz tat sein Übriges. Mein Kopf ruhte an meinem Handballen an der Fensterscheibe. Die Morgensonne ließ die scheinbar endlose Landschaft jenseits des Fensters des modernen Hochgeschwindigkeitszuges, in dem ich mich befand, in ihrem hellen Licht erstrahlen. Der luxuriöse Zug fuhr nahezu lautlos an Getreidefeldern vorbei, dazwischen wuchs saftig grünes Gras, auf dem der Tau langsam verdunstete. Ich hörte, wie sich die anderen Fahrgäste vergnügt unterhielten oder sah sie ebenso wie ich verträumt aus dem Fenster blicken. Niemand telefonierte laut, nirgendwo war ein nerviger Klingelton zu hören und niemand roch nach kaltem Zigarettenrauch. So reiste man gerne.

Ich war noch nicht ganz wach, als meine Sitznachbarin zurückkam. Sie hatte sich mir als

Debbie vorgestellt und hielt zwei Piccoloflaschen halbtrockenen Sekts in ihrer behandschuhten rechten Hand, in der anderen zwei Champagnerflöten aus weißem Plastik.

„Ich hatte wohl Glück, meine Liebe", rief sie zufrieden aus, „dass sie im Bordrestaurant noch diese Dinger von der letzten Silvesterparty hatten! Wir können doch nicht aus einfachen Kaffeebechern oder gar aus der Flasche trinken, wie Hinterwäldler!" Sie lachte hell und melodisch, stellte die beiden Gläser und die Piccolos auf den kleinen Tisch aus glänzendem Holz vor uns ab und setzte sich.

Verschlafen musterte ich sie. Debbie war eine der schönsten Frauen, die ich jemals gesehen hatte. Voluminöses rotes Haar, das ein ebenmäßiges, herzförmiges Gesicht umrahmte. Die smaragdgrünen Augen wurden perfekt durch Lidschatten und Eyeliner zur Geltung gebracht. Beneidenswert lange Wimpern. Wenn sie sprach, sprach sie mit charmantem Lächeln. Um ihre schlanke Figur war sie ebenfalls zu beneiden, ebenso um das ansprechende Dekolleté, hervorgehoben durch das fallende Revers ihres Chanelkostüms.

Ich hatte selten ein Problem mit meinem sportlichen Kleidungsstil oder meiner Figur. Am liebsten trug ich eben bequeme Sachen. Nun aber, dieser geradezu angsteinflößend eleganten Frau mit Spitzenhandschuhen und Glockenhut gegenübersitzend, kam ich mir in meinen Freizeitklamotten gnadenlos underdressed vor. Und zu pummelig.

„Sie heißen also Anna", riss Debbie mich aus meinen Gedanken, „Miss Anna Porter, wie Portwein, ja?"

Habe ich mich ihr vorgestellt?

„Misses", antwortete ich und lächelte, während sie uns den Sekt einschenkte.

„Oho, verheiratet", säuselte Debbie und nahm einen großen Schluck aus dem flötenförmigen Plastikglas. „Das habe ich nach dem vierten Versuch aufgegeben."

Ich wusste nicht recht, was ich darauf am besten antwortete. Sie sah nicht aus, als würde sie es bedauern. Daher lächelte ich nur unbeholfen.

Debbie musste meine Verlegenheit bemerkt haben, denn sie wechselte sofort das Thema und erzählte mir aus ihrem Leben. Sie verbrachte ihre Zeit am liebsten mit Shopping und

Wellness. Dank vierer reicher Ex-Ehemänner, guten Eheverträgen und noch besseren Geldanlagen brauchte sie nicht zu arbeiten und ließ sich ‚einfach treiben'. Man sah ihr an der schönen Haut an, dass sie keinen Stress hatte.

Ich konnte nicht anders, als ihr auch von mir zu erzählen. Ein bisschen widerwillig, aber sie fragte so nett und schien wirklich an mir interessiert. Ich zweifelte nicht daran, dass Debbie einfach ein herzensguter Mensch war. Sie strahlte etwas aus, das ich nicht benennen konnte, etwas Warmes und Helles, das dafür sorgte, dass ich mich bei ihr aufgehoben fühlte.

Also erzählte ich ihr von meinem semi-langweiligen Job bei Brilliant Things Inc., am Telefon in der Bestellhotline. Dass ich dort schon zwölf Jahre arbeitete und mir meine Arbeit, trotz der manchmal auftretenden Monotonie, Spaß machte. Dass ich unsere Kunden, die bei uns per Teleshopping Schmuck bestellten, äußerst nett und höflich fand, meistens jedenfalls.

Debbie hörte mir aufmerksam zu, als ich vor mich hin plapperte. Der Sekt hatte wohl auch zu meiner plötzlichen Redseligkeit beigetragen.

„Schmuck, wie wundervoll!", rief sie aus und lehnte sich entspannt zurück. „Wir sollten etwas essen", merkte sie an, „der Sekt steigt uns sonst noch zu schnell zu Kopf." Ich wollte ihr schon von meiner Trinkfestigkeit erzählen, aber sie musste ja nicht unbedingt wissen, dass ich manchmal das ein oder andere Glas zu viel trank. Sie rief den jungen Mann in einer burgunderfarbenen Serviceuniform zu uns und bestellte zweimal das Tagesgericht, gelbes Curry mit Kartoffeln auf Reis. Ich wollte meinen Geldbeutel zücken, doch sowohl Debbie als auch der Servierer winkten ab.

Ist schon gut, Anna, schienen ihre Blicke zu sagen. Ich musste kurz blinzeln, fast kam es mir vor, als hätte der junge Mann sechs Augen statt zweier.

2

Es war mit Abstand das beste Curry, das ich je gegessen hatte. Debbie stimmte mir zu, allerdings nicht ohne mir von ihrem zweitbesten Curry zu erzählen, das sie in Gesellschaft eines indischen Maharadscha genießen durfte. Ich wollte sie weiter darüber ausfragen, als sie plötzlich meine Hand nahm, aus dem Fenster zeigte und ausrief: „Schauen Sie nur, wie rot die Mohnblumen leuchten! So schön..." Sie breiteten sich wie ein weicher Teppich über die Felder aus, dessen Ende nicht in Sichtweite war. Mir wurde klar, dass wir bisher weder an einer Siedlung noch einem einzelnen Haus vorbeigefahren waren, und mir wurde kurz mulmig. Das Gefühl verschwand, als Debbie sich mir wieder zuwandte. „Ich bekam von meinen Ehemännern immer Rosen geschenkt, wie kitschig! Dabei ist die Mohnblume für mich die schönste aller Blumen." Nachdenklich nickte ich, obwohl ich nicht ganz einverstanden war. Ich liebte es, von Daniel zum Valentinstag kitschige Rosen geschenkt zu bekommen. Moment … Daniel. Wo war denn mein Mann?

„Die Fahrscheine bitte", sagte eine tiefe, harte Reibeisenstimme und ich sah auf. Seitlich an unserem Tisch stand ein großgewachsener, hagerer Mann, dessen Augen ich unter der Krempe seiner schwarzen Uniformmütze nicht ausmachen konnte. Ich sah mich nach meiner Handtasche um, konnte sie jedoch nirgends finden. Das war sehr ungewöhnlich, denn ich war selten ohne sie unterwegs. Schon gar nicht auf einer Zugreise. Also fühlte ich in meiner Hosentasche nach und zog ein Ticket hervor, an dessen Kauf ich mich beim besten Willen nicht erinnern konnte. Es war aus schwerem, grau bedrucktem Papier und hatte einen gold-glänzenden Rahmen. In ebenfalls goldenen Lettern prangten dort mein Name ‚Anna Elisabeth Porter' und ‚zugestiegen am 04. Juli um 14:27 Uhr'.

Wie seltsam.

Waren nicht normalerweise Ausgangsbahnhof und Zielbahnhof zu sehen? Und der Preis des Tickets? Und das Logo der Bahngesellschaft? Was war denn los? Nach einer Anzeigetafel im Waggon suchte ich ebenfalls vergeblich. Ich linste auf Debbies Ticket, das sie dem Kontrolleur gerade lächelnd vorzeigte. Ihres sah genau so aus wie meines, allerdings schien sie das nicht zu interessieren.

„Entschuldigung", machte ich den Kontrolleur auf mich aufmerksam und hielt ihm steif meine Fahrkarte hin. „Wo fahren wir hin?"

Er beugte sich vor, um das Ticket in Augenschein zu nehmen. Noch immer waren seine Augen vor mir verborgen. Dann nickte er, als hätte er meine Frage nicht gehört und zog von dannen, hin zu den nächsten Fahrgästen. Ich stand auf, winkte ihm zu, wollte ihn zurückhalten.

„Entschuldigung! Entschuldigung!", rief ich. Doch es hatte keinen Zweck, er ging einfach weiter und schenkte mir keinerlei Beachtung mehr.

„Fühlen Sie sich nicht wohl, Anna?" Debbie war mein merkwürdiges Verhalten aufgefallen, aber ich fand es eher merkwürdig, dass sie sich so gar nicht über die Situation wunderte und weiterhin beschwingt ihren Sekt trank. Die anderen Fahrgäste drehten sich schon nach mir um und bedachten mich mit verwunderten

Blicken. Das war doch nicht normal. Warum fragte sich hier niemand, wohin der Zug fuhr?

„Ich ähm ... bitte entschuldigen Sie mich einen Moment," stammelte ich, stand auf und ließ meine Sitznachbarin zurück, die mir mit großen Augen hinterherblickte.

Als ich mir einen Weg durch die großzügigen Sitzreihen bahnte, war es, als löste sich ein Knoten in mir, als verflüchtigte sich der Nebel etwas, der sich auf mein Bewusstsein gelegt hatte.

Ich war seit gut zehn Jahren nicht mehr alleine verreist, immer mit Daniel und den Kindern. Oh, meine Güte! Meine Kinder! Wo waren sie denn? Warum waren sie nicht bei mir?

Nackte Panik packte mich. Mir wurde heiß und mein Atem ging schneller. Gerade so schaffte ich es, das vertraute Gefühl beiseitezuschieben. Daniel, Dean und Josie ... Sie mussten doch irgendwo an Bord dieses Zuges sein. Und ich würde alles dafür tun, sie zu finden.

3

Daniel hatte schon immer Annas Intuition und ihre Fähigkeit, einfach auf ihren Bauch zu hören, bewundert. Er hatte schon bei Smiley Foods, dem familiengeführten Supermarkt im Stadtzentrum, gearbeitet, als sie das erste Mal zum Einkaufen hereinkam. Sie hatte ein strahlendes Lächeln und er war sofort verliebt, ohne zu wissen, dass sie immer dann einkaufte, wenn er Schicht hatte. Denn Anna hatte ihn schon lange im Auge und jedes Mal weiche Knie, wenn sie zu Smiley's ging. Daniels pechschwarzes Haar, die schönen, ausdrucksstarken Augen und sein perlweißes Lächeln ließen sie schon seit Wochen dahinschmelzen. Von den muskulösen Oberarmen und der markanten Kieferpartie ganz zu schweigen. Für sie und die vier Mädels aus ihrer Studenten-WG gab es bald kein anderes Thema mehr.

Daniel, Daniel, Daniel.

Heute war der Tag, an dem sie sich mit ihm unterhalten würde. Es sollte über „Hi, wie geht's?", „Schönes Wetter heute", und „Das macht 36,10, bitte", hinausgehen. Meistens schaffte sie es nicht, mit ihm zu reden, sein betörender britischer Akzent machte es ihr zusätzlich schwer, ihm zu antworten. Eigentlich hatte sie ihren Wocheneinkauf schon bei ihrem großen Stamm-Discounter erledigt und jetzt befanden sich nur zwei Fertigmuffins, die sie wohl morgen zum Frühstück essen würde, in ihrem Einkaufskorb.

Und dann stand sie an der Kasse Clark Kent gegenüber, nur dass Daniel Porter keine Brille trug. Ihr blieb der Kommentar, den sie sich zurechtgelegt hatte, im Halse stecken, als er sie anlächelte und dabei sexy eine Augenbraue hochzog. Wahrscheinlich war er sich nicht einmal bewusst, dass er diese Angewohnheit hatte, aber sie verwandelte Annas Herz in eine wild schlagende Trommel.

Was würde dieser umwerfende Typ auch von ihr wollen? Vermutlich gar nichts. Sie war für ihn nur eine pummelige Kundin, die unmodische Sneakers zu Röcken trug und unförmige T-Shirts mit peinlichen Cartoon-Aufdrucken. So ein Mann würde sie nicht anziehend finden, niemals. Er könnte absolut jede haben, was wollte er da mit ihr? Bestimmt hatte er sowieso bereits eine wunderschöne, beneidenswerte Freundin.

Während Anna sich innerlich schlecht redete und ihr Vorhaben bereits aufgegeben hatte, fand Daniel sie hinreißend. Sie war ihm sofort aufgefallen, die süße junge Studentin mit dem coolen Stil, die regelmäßig, aber nicht sehr oft zum Einkaufen kam. Er hatte sich in dem Moment in sie verliebt, als sie ihm das erste Mal an einem Montag einen „schönen Wochenstart" gewünscht hatte. Ihre Stimme war weich und verführerisch, wie schwerer schwarzer Samt und sie roch nach Kokosnuss und tropischen Früchten. Und wenn sie mit ihm sprach, schienen ihre vollen Lippen geradezu um einen Kuss von ihm zu bitten. Er musste sich beherrschen, sich nicht über den Verkaufstresen zu beugen und der unausgesprochenen Bitte Folge zu leisten.

Mit hochrotem Kopf legte Anna ihren mickrigen Einkauf auf den Tresen. Sie brachte ein schüchternes „Hi, ähm, Daniel?", heraus, nachdem sie sich vergewissert hatte, dass das auch wirklich der Name war, der auf der silbernen Plakette an seiner Uniform stand, obwohl sie es längst wusste.

„Hi", begann er grinsend und dachte ‚jetzt oder nie', als er hinzufügte: „Unbekannte Schöne."

Anna dachte, sie musste sich verhört haben und blickte nach links und rechts, um sicher zu gehen, dass er auch wirklich sie meinte.

„Anna", antwortete sie dann zaghaft, musste kichern und schalt sich innerlich dafür. Sie schaffte es kaum, ihn anzusehen, als er die Fertigmuffins scannte und ihr den Preis nannte.

„Wenn du Muffins magst, hier um die Ecke ist ein kleines Café, die machen ziemlich gute …", schlug Daniel vor und packte Annas Einkauf in eine kleine Papiertüte. Er legte einen seiner muskulösen Arme um sich und fuhr fort: „Ich gehe oft nach der Arbeit dorthin, vielleicht … möchtest du mich das nächste Mal begleiten?" Er sah ihr direkt in die Augen. Sie erwiderte seinen Blick lächelnd und sagte: „Ja, gern." Dann schnappte sie sich die Tüte, legte ihm das Geld hin und stürmte hinaus, sie wusste gar nicht wohin mit den freudigen Gefühlen, die sie erfüllten. Es hatte inzwischen zu regnen begonnen, aber das war Anna komplett egal. Sie jubelte und gluckste vor Glück. Und die Blicke der Passanten kümmerten sie nicht.

Ihr erstes Date hatten sie kurz darauf im ‚Café Zuckerhaus'.

Vier Jahre später machte Daniel Anna dort einen Heiratsantrag. Ihr „Ja!", kam noch, bevor er zu Ende gesprochen hatte. Sie heirateten standesamtlich und zogen in eine kleine, gut geschnittene Etagenwohnung am Stadtrand. Mehr konnten sie sich mit Daniels Gehalt als Kassierer bei Smiley's nicht leisten, bis Anna nach ihrem Studium eine Arbeitsstelle als Linguistin finden würde.

Das passierte jedoch nie. Anna begann im Callcenter bei Brilliant Things zu arbeiten, blieb dort hängen – und dann kamen die Kinder. Die Porters waren glücklich, und das war wichtiger als jede steile Karriere. Sie konnten einander blind vertrauen, führten eine gute Ehe, gingen respektvoll miteinander um und stets mit Liebe. Und wie sehr Daniel seine Anna liebte, genau wie die Kinder, die sie ihm geschenkt hatte. Es gab niemanden auf der Welt, der ihm wichtiger war.

Aber Anna hatte immer eine gewisse Traurigkeit an sich und sah das oft ganz anders. Zu oft sah sie sich als Menschen ohne jeglichen Wert, der irgendwann komplett allein enden würde und es nicht besser verdiente.

4

Ich saß im Gang zwischen zwei Großraumwagen und weinte vor Verzweiflung. Mir war so elend, meine Hände zitterten, als wäre mir kalt vor Übermüdung. Die Passagiere, die ich nach meiner Familie gefragt hatte, hatten auf zweierlei Weise reagiert. Die einen lachten mich geradezu aus und äußerten, ich solle doch froh sein, dass meine Kinder und mein Mann nicht bei mir seien, schienen sich über meinen ungläubigen Blick zu wundern. Die anderen starrten mich nur an, als sei ich vollständig übergeschnappt. Oder als hätte ich grüne Haut. Ich fragte mich bei vielen Leuten durch, ging sogar ab und an in ein Abteil, aber man ließ mich beinahe gar nicht zu Wort kommen und machte mir klar: Ich war unerwünscht, man wollte Ruhe. Man ließ mich nicht beschreiben, dass Daniel pechschwarzes Haar hatte und einen britischen Akzent, wenn er sprach. Dass Dean sein Spiderman-Sweatshirt trug, weil es sein Lieblingspulli war.

Eine Erinnerung flackerte in mir auf.

Dean hatte heute sein Lieblingsshirt nicht angezogen, weil es so warm draußen war und wir bei dem schönen Wetter einen Ausflug machen wollten. Wir waren zur Tür hinausgegangen und ich hatte ihn noch gefragt, ob er es nicht vorsichtshalber mitnehmen wollte, was mir wie immer in letzter Zeit ein Augenrollen und ein frühpubertäres „Oh Mann, Mom", einbrachte. Ich hatte mir meine Tasche über die Schulter geworfen. Aber warum hatte ich diese dann jetzt nicht bei mir?

Eine Stimme riss mich aus meinen Gedanken. „Geht es Ihnen gut?"

Ich blickte auf. Ein junger Mann hatte mir die Hand auf die Schulter gelegt und sah mich besorgt an. *Er hat schöne Augen*, dachte ich, *lange Wimpern.*

„Ja," antwortete ich reflexartig. Dann korrigierte ich mich. „Das heißt nein ... Nein, mir geht es gar nicht gut." Ich musste schlucken und fing stumm zu weinen an. Dieses Wutweinen, diese grausamen, unaufhaltsamen Tränen, die ich zu gut kannte. „Ich suche meine Familie", brachte ich schließlich hervor und begann wieder, sie zu beschreiben. Er hörte mir aufmerksam zu, sogar, als ich anfing zu erzählen, dass Josie sich ewig nicht für eine Haarspange entscheiden wollte und wir das Haus erst verlassen konnten, als ich fünf weitere einpackte, falls sie ihre Meinung ändern würde. Ich ärgerte mich über meine Wut darüber und wünschte mir jetzt nichts sehnlicher, als mit meiner kleinen Tochter über Haarspangen herumzustreiten.

Er unterbrach mich erst, als ich wieder haltlos schluchzte.

„Kommen Sie", sagte er ruhig und half mir auf, „Sie müssen wieder zu Kräften kommen." Er lächelte. Ein schönes Lächeln. Offen und warm. „Ich bin sicher, eine warme Tasse Tee wird helfen." Die Ruhe, die er ausstrahlte, half mir, ebenfalls runterzukommen. Es brachte ja nichts, wenn ich weiter heulend im Gang auf dem Boden blieb.

Wir gingen gemeinsam ins Bordrestaurant und setzten uns einander gegenüber. So konnte ich mir ein klareres Bild von ihm machen. Die langen dunklen Haare, die leicht gewellt bis über seine Schultern fielen, der Dreitagebart und der lockere Kleidungsstil, bestehend aus einem Flanellhemd über einem weißen T-Shirt und einer grauen Trainingshose, ließen ihn relativ harmlos aussehen. Fingerlose Handschuhe machten den Look komplett. Ein Mittzwanziger auf einer Zugfahrt. Vielleicht war er auch schon Anfang dreißig. Aber da war etwas an ihm, sein klarer, entschlossener Blick, eine Ernsthaftigkeit und Tiefe, die mir sofort klar machte, dass ich achtsam bleiben sollte.

Er ließ ein selbstsicheres Grinsen über sein Gesicht huschen, als er bemerkte, dass ich ihn musterte. Pfff, warum waren gerade junge Männer immer so von sich überzeugt? Sein gutes Aussehen hatte rein gar nichts damit zu tun, dass ich ihn so genau ansah.

Nichtsdestotrotz machte mich sein Blick nervös, was sicherlich auch anderen Frauen bei schönen Männern passierte. Daher stellte ich mich ihm vor und durchbrach somit die peinliche Stille.

„Es freut mich, dich kennenzulernen, Anna. Ich heiße Emmanuel."

Ich hatte ihm unterbewusst das Du angeboten, indem ich ihm nur meinen Vornamen genannt hatte. Irgendwie war es selbstverständlich.

„Wir sollten auch etwas essen", schlug Emmanuel vor und warf einen Blick zum Tresen, neben dem ein Kuchenrondell mit einer gut leserlichen, umfangreichen Speisekarte darüber stand. Ich folgte seinen Augen und blieb bei dem Kühlrondell hängen. Hunger spürte ich nicht wirklich, aber der Kuchen sah großartig aus. Verschiedenste Torten mit Schokoladenüberzug, mit Sahne und Kirschen und Verzierungen mit Zitronenglasur. Ich konnte mich gar nicht loseisen, war völlig bezaubert von den rotierenden Köstlichkeiten. Irgendetwas wollte ich doch tun, ich suchte doch etwas? Oder jemanden? Nein, eigentlich wollte ich nur Kuchen essen.

Wenn ich ins Restaurant oder ins Café ging, bestellte ich immer etwas, was ich zu Hause nicht selbst zubereitete. Da ich zwar gerne und auch ganz gut kochte, aber nur selten backte, abgesehen von Weihnachtsplätzchen oder dem ein oder anderen einfachen Geburtstagskuchen, sagte ich zu Kuchen nie Nein. „Welchen Kuchen möchtest du gerne?", fragte Emmanuel und riss mich erneut aus meinen Gedanken. Er musste meinen gierigen Blick gesehen haben.

„Ähm, der Cheesecake sieht gut aus." Ich liebte Cheesecake. Emmanuel lächelte, bedeutete mir, sitzenzubleiben und ging an den Tresen, um beim Servicepersonal dahinter zu bestellen. Mir fiel auf, dass wir bis auf die Person hinter dem Tresen völlig allein im Waggon waren. Ich konnte nicht wirklich ausmachen, ob es ein Mann oder eine Frau war, denn die Stimme klang ... uneindeutig. Irgendwie schien sie nicht aus dem Mund der Person zu kommen. Generell sah die Person ... *eigenartig* aus. Sie sah Emmanuel an, weil sie ja seine Bestellung entgegennahm, aber auch mich. Gleichzeitig. Aber nur, wenn ich sie ansah. Ich kniff die Augen zusammen, irgendetwas war nicht richtig.

Und hatte ich geweint? Mein Gesicht fühlte sich ausgetrocknet an, meine Augen wie Schleifpapier. Ich blinzelte das Gefühl weg und sah etwas anderes an. Aus dem Fenster, wie sonst, wenn ich Zug fuhr, um meine Reisekrankheit zu lindern. Ich sollte ja immer in die Ferne sehen – allerdings war mir gar nicht übel oder schwindelig. Wie schön! Sonst half nur eine Schmerztablette.

Emmanuel kam mit dem Kuchen zurück und einem heißen Getränk für sich. Ein starker Schwarztee, dessen Zimtduft angenehm zu mir herüberwehte. Und der Cheesecake! Ich hatte nie einen köstlicheren Kuchen probiert. Er sah aus wie für ein Reklamefoto präpariert, auf Hochglanz poliert, sozusagen. Und anders als in der Werbung erfüllte er alle Erwartungen, die sein appetitliches Äußeres versprachen. Ich bedankte mich für den Kuchen.

„Gern geschehen", erwiderte Emmanuel mit einem weiteren Lächeln. Er war wirklich sehr sympathisch.

„Und was machst du hier an Bord? Wohin geht deine Reise?", begann ich belanglosen Smalltalk.

„Hmm, meine Reise", erwiderte er nachdenklich. „Nein, ich glaube, ich bin genau dort, wo ich sein muss."

Wieder zeigte er mir sein schönes Lächeln.

„Erzähle mir doch lieber ein bisschen von dir, Anna."

Die Art, wie er meinen Namen sagte, öffnete etwas in mir. Ich hatte den unbändigen Drang, ihm alles über mich zu erzählen. Sogar …

Papa, bitte ... Was machst du denn ...? Bitte lass mich los ...

Nein, das nicht.

Ich erzählte ihm lieber von Daniel, wie ich ihn damals bei Smiley´s kennengelernt habe. Dass wir seit vierzehn Jahren verheiratet waren und er mein absoluter Traummann war, dem ich zwei Kinder schenken durfte. Die Kinder, die unser Ein und Alles waren. Ich geriet immer schnell ins Schwärmen, wenn ich von meiner Familie sprach. Wir sprachen auch über mein Linguistikstudium und wie sehr mich Sprache und deren Ursprung faszinierte.

Emmanuel sagte etwas, das ich nicht sofort verstand. War es Arabisch? Farsi?

Dann kam zur Sprache, dass es mit meinem Berufswunsch leider nichts wurde, aber dass mir mein Job sehr gefiel und ich zufrieden war.

„Zufrieden?", fragte Emmanuel, „nicht glücklich?"

„Wer ist denn mit seinem Bürojob schon glücklich?", antwortete ich ausweichend und lachte.

Er verengte die Augen ein wenig und sah mich ernst an. So ernst, dass ich mich plötzlich klein und unbedeutend fühlte. Mir wurde einmal mehr bewusst, wie wenig Glück ich manchmal verspürte. Manchmal, in diesen düsteren Momenten. Wenn ich mir nicht vorstellen konnte, glücklich zu sein. Weil jemand wie ich nicht glücklich sein kann.

5

Ein Ehepaar feiert Hochzeitstag. Es ist ihr zwölfter. Noch ist der Ehemann nicht zu Hause, aber die Ehefrau freut sich schon den ganzen Tag auf das romantische Abendessen, das sie zubereitet hat. Es ist glasiertes Hähnchen mit Ofengemüse. Oder Lachs in Soja-Chili-Marinade mit Kartoffeln. Die Kinder übernachten bei Freunden. Sie hat sich ein rotes Kleid angezogen, rot wie ihre Lippen, mit langen Ärmeln zwar, aber schulterfrei. Er sollte sofort sehen, was sie sich von dem Abend erhoffte.

Sie deckt den Tisch, dann wartet sie. Das köstlich duftende Essen wartet im Ofen, wird warmgehalten, bis ihr Mann gleich zur Tür hereinkommt und sie ihn anstrahlen und sich ihm in die Arme werfen, ihn küssen kann. Sie ist voller Vorfreude, fast erinnert sie an die junge Frau, die ganz aufgeregt ist, weil sie frisch verliebt ist und alles richtig machen will.

Es vergeht eine halbe Stunde. Ein nervöses Flattern breitet sich in ihrem Körper aus und sie kontrolliert ihr Handy, schreibt ihm vielleicht sogar „Wo bist du denn?", mit einem Herzchensmiley.

Dann vergeht eine weitere Viertelstunde und sie ruft ihn an, aber er antwortet nicht. Sie schenkt sich schon einmal von dem Wein ein, den sie extra für heute Abend passend zum Essen ausgesucht hat und nippt an ihrem Glas.

Eine weitere halbe Stunde später ist sie wütend, den Herd hat sie bereits ausgeschaltet. Mit voller Wucht knallt sie die Ofentür zu, flucht und schimpft, dass er nicht ans Telefon geht. Sie hat noch zwei weitere Male versucht, ihn anzurufen, ohne Erfolg. Ihr steigen heiße Tränen in die Augen. Warum ist er so? Er weiß doch, dass sie es hasste, wenn er nicht Bescheid sagte, dass er später kam. Die Flasche Wein ist bereits leer, als sie endlich den Schlüssel im Schloss hört. Sie rauft sich die Haare und geht in den Flur, gespannt auf seine Erklärung. Doch er begrüßt sie nur, als wäre nichts. Er trägt noch seine blaue Kassiererweste aus dem Supermarkt, in dem er arbeitet. Dass es ihr Hochzeitstag ist, hat er nicht vergessen, er hatte sich ja auch gefreut.

Als er ihren verärgerten Gesichtsausdruck sieht, fragt er sie, was los ist. Sie antwortet, giftiger als sie will, dass er spät dran ist und verlangt eine Erklärung.

Ihr Mann verdreht entnervt die Augen. Kaum ist er zur Tür herein, muss er sich schon von ihr anmeckern lassen und sich rechtfertigen, dabei hatte er sich nach dem schönen Abend mit ihr gesehnt. Warum ist sie so?

Trotzdem erklärt er ihr, dass er sich nach einer Teambesprechung mit einer Kollegin verquatscht hat. Dabei habe er die Zeit vergessen und sein Handy war in seiner Jackentasche.

Sie ist entsetzt.

Anstatt rechtzeitig an ausgerechnet ihrem Hochzeitstag nach Hause zu kommen, plaudert er mit einer anderen Frau. War seine Ehefrau ihm nicht wichtig genug? Hätte er nicht die Kollegin vertrösten können? Stattdessen hat sie warten müssen. Sie ist außer sich und wird laut, ohne es zu wollen. Zu stark sind ihre Gefühle, sie kann sie nicht kontrollieren.

Es kommt zum Streit, der in eine Grundsatzdiskussion ausartet und alte Wunden aufreißt. An ihrem Hochzeitstag. Das wird noch lange an ihr nagen. Sie ist eifersüchtig auf die andere Frau. Bestimmt würde sie ihn glücklicher machen. Soll er doch mit ihr zu Abend essen.

Sie verlässt wutentbrannt ihre gemeinsame Wohnung, ihre Schminke verläuft vor lauter Tränen, und sie stellt alles in Frage. Hätte sie ihn jemals heiraten sollen? Sie hätte niemals Mutter werden sollen, sie tat ihren Kindern nicht gut. Wer wollte schon eine Mutter, die kaputt ist? Fehlerhaft, so wie sie. Beschädigt. Sie sollte ihn verlassen, denn irgendwann würde er es sowieso tun. Und sie wäre allein, so wie es für sie vorherbestimmt ist.

Er steht sorgenvoll am Fenster und sieht ihr noch lange nach, überlegt, ihr nachzugehen. Doch er ist müde. Müde davon, ihr immer beweisen zu müssen, dass sie keine Angst zu haben braucht, dass er sie liebt und bei ihr bleiben wird, auf ewig.

Doch all das sieht sie nicht. Sie wird von den dunklen Ängsten ihrer Vergangenheit geplagt, die sich in ihr ausbreiten und sie nicht mehr klar denken lassen.

6

Hatte ich gerade einem Fremden von einem sehr schlimmen Streit erzählt? Ja, ich glaube, das hatte ich. Emmanuel hatte eine Auswirkung auf mich, die ich nicht beschreiben konnte. Ich wollte, ich musste mich ihm offenbaren. Daniel wäre sicher nicht glücklich darüber gewesen. Moment. Daniel. Wo war eigentlich mein Mann? Ich war seit gut zehn Jahren nicht mehr alleine verreist, immer mit Daniel und den Kindern.

„Anna, du wirkst bekümmert", sagte Emmanuel und griff nach meiner Hand. Ich konnte das Leder seiner Handschuhe spüren, schwarz und glatt und angenehm kühl. Es holte mich zurück in das Hier und Jetzt.

„Nein, nein, es geht schon", antwortete ich und mein Blick fiel auf die bunte Zeitschrift, die an der äußeren Seite unseres Tisches lag.

Hatte sie schon vorher dort gelegen?

Ihr Titelblatt zog meine Aufmerksamkeit vollständig auf sich. In großen Lettern stand dort ‚DESTINY ILLUSTRATED'. Die schöne

Frau auf dem Cover trug ein tailliertes Kleid mit ausladendem Tellerrock und lachte mir fröhlich entgegen. Ich dachte erst, die Mode der fünfziger und sechziger Jahre komme wieder, aber dann mir fiel auf, dass die Dame nicht fotografiert sondern gezeichnet war, wie zur damaligen Zeit üblich. Oder noch früher. Auch ergaben manche der Überschriften auf dem Titelblatt nicht wirklich Sinn. Es war, als könne ich nicht mehr lesen oder ich verstand die Sprache nicht.

Emmanuel musste aufgefallen sein, dass ich meinen Kopf fragend geneigt hatte und mich auf das Magazin konzentrierte, denn er ließ meine Hand los und sagte: „Lies ruhig ein bisschen und entspann' dich. Ich bin gleich zurück."

Ich nickte nur abwesend und er stand auf.

Ich merkte nicht sofort, was an den Artikeln in der Zeitschrift nicht stimmte, die ich überflog. Aber dann, als es mir auffiel, war es nicht mehr zu übersehen. Das Erste, was mir ins Auge stach, war die „Eier-Wein-Diät" aus den 70er Jahren.

Frühstück:	1 Ei, hartgekocht 1 Glas Weißwein (trocken, am besten Chablis) Kaffee, schwarz
Mittagessen:	2 Eier, am besten hartgekocht aber pochiert, wenn nötig 2 Gläser Weißwein Kaffee, schwarz
Abendessen:	150g Rindersteak, gegrillt mit schwarzem Pfeffer, dazu Zitronensaft Den Rest Weißwein (1 Flasche pro Tag erlaubt) Kaffee, schwarz

Wahrscheinlich sehr ungesund. Selbst für mich, als begeisterte Weintrinkerin, klang diese Diät unappetitlich.

Es folgten unmögliche, nicht mehr zeitgemäße Erziehungstipps aus den 50er Jahren, bei denen die Vaterlandsliebe eine große Rolle innehatte und Rezepte aus den 20er Jahren, zur Zeit der Weltwirtschaftskrise. Aber das war noch nicht alles. Das Design der Zeitschrift passte sich der jeweiligen Epoche an. Ich zog die Brauen zusammen und blätterte weiter, bis ich bei einer Doppelseite jedoch abrupt innehielt. Das konnte nicht sein. Was ich dort las, konnte nicht wirklich dort stehen. Es war einfach nicht möglich.

Versuchte Tötung endet in Suizid

Dreversstadt – Donnerstagabend ereigneten sich in Dreversstadt schockierende Szenen.

Die junge Anna M. entkam nur knapp dem Tod, als sie aus der Wohnung, die sie gemeinsam mit ihrem Vater, Michael M., bewohnte, hinaus auf die Straße floh.

Laut des Augenzeugenberichts des Streifenpolizisten David S., rannte ihm das Mädchen panisch entgegen und schrie um Hilfe. Zunächst habe er nicht gewusst, was genau geschah, dann aber folgte Michael M. mit einer Schusswaffe. Der Polizist habe das Kind daraufhin hinter der Tür seines Streifenwagens in Sicherheit gebracht und sofort seine Dienstwaffe gezückt.

„Er hat total wirres Zeug erzählt. Dinge, die man seinem eigenen Kind nie sagen sollte. Ich hab' noch versucht, ihm gut zuzureden. Ihn gebeten, seine Waffe fallen zu lassen", so Herr S., „aber er hat sich dann in den Kopf geschossen."

Die gerufenen Rettungssanitäter konnten nur noch den Tod des Mannes feststellen.

Noch sind die genauen Hintergründe der Tat unklar. Die Polizei geht davon aus, dass der Mann unter starken psychischen Problemen litt.

7

Ich erinnerte mich noch gut an das ungewöhnliche Gefühl, einen Zeitungsartikel über mich selbst zu lesen. Allerdings stand das alles damals in der Lokalzeitung und nicht in einem Magazin im Bordbistro eines Zuges neben einer veralteten Werbung aus einem Brilliant Things Katalog.

Dreversstadt … So lange hatte ich den Namen meiner Heimatstadt weder gelesen noch gehört. Das letzte Mal in einer Therapiesitzung mit Dr. Rashad, und die lag schon einige Jahre zurück.

Unsere Wohnung war klein, aber ich hatte mein eigenes Zimmer. Nachdem meine Mutter uns verlassen hatte, war Papa alleine für mich da. Ich war noch sehr klein, als sie ging. Höchstens zwei oder drei Jahre alt. Ich erinnere mich nur schemenhaft an ihr Gesicht. Es gab keine Fotos von ihr. Mein Vater musste sie alle irgendwie entsorgt haben. Weggeschmissen, verbrannt oder zerrissen … Die Erinnerungen aus Papier ausgelöscht. Aber Papa sagte mir einmal, ich würde eines Tages bestimmt genauso aussehen wie sie. Da war ich vierzehn Jahre alt. Der Anfang vom Ende.

Ich wuchs heran, vom Mädchen zur Frau. Und als ich sechzehn war, entwickelte mein Vater eine Psychose. Er war oft betrunken oder high, um den Dämonen, mit denen er kämpfte, Einhalt zu gebieten. Aber der Mix aus Alkohol und Tabletten machte sie nur stärker. Es begann damit, dass er mich mit dem Namen meiner Mutter ansprach.

"Nicole, reichst du mir bitte das Salz?"
"Wie war dein Tag, Nicki?"

Als es ihm das erste Mal auffiel, entschuldigte er sich überschwänglich, fast als würde er sich schämen. „Du siehst ihr einfach so ähnlich", sagte er in diesen Situationen andauernd. Er war aber noch immer mein liebender Vater. Papa.

Bis zu diesem einen Donnerstag. Ich lag in meinem Bett und wachte von einem Geräusch auf, das ich noch nie zuvor gehört hatte. Das Weinen meines Vaters. Er saß auf meinem Schreibtischstuhl und hielt etwas in den Händen, das ich erst erkannte, als das Mondlicht darauf fiel. Sein Jagdgewehr, mit dem er einmal im Monat mit seinen Freunden in den Wald außerhalb der Stadt fuhr. Er war so glücklich und stolz gewesen, als er seinen Jagdschein bekommen hatte. Aber jetzt empfand ich Unbehagen, als ich ihn so sah, mir wurde eiskalt.

„Warum hast du mich verlassen, Nicki …?", hörte ich seine verzweifelte Stimme. Ich stand auf und ging zu ihm. „Papa, ich bin es, Anna … Nicki war meine Mutter. Was ist denn los?"

Normalerweise war das der Moment, in dem alles wieder wie vorher wurde, er nannte mich Anna und entschuldigte sich. Diesmal jedoch kam alles ganz anders. So anders, dass ich es nicht einmal in meinen schlimmsten Albträumen hätte vorhersehen können. Grob packte er mich am Arm.

„Weißt du, was du mir angetan hast?" Er war jetzt richtig wütend auf mich, nein, auf meine Mutter. „Mich mit einem rotzigen Kleinkind alleine zu lassen! Ich wollte sie nie! Aber ich bin bei ihr geblieben, wie ein Vater das zu tun hat, und du? Bist ihre Mutter und haust einfach ab!" Er brauste immer mehr auf und drückte meinen Arm immer fester.

„Jetzt weiß ich aber endlich, was ich machen muss!"

Das war der letzte vollständige Satz, den mein Vater je zu mir sagte. Er sagte nur noch einzelne Worte, Beschimpfungen, die ich so noch nie von ihm gehört hatte …

Fotze … Töte dich … Für Anna … Hure …

Jetzt weinte ich auch, der Schmerz quoll in mir über und ich brachte nur Tränen und Schluchzen heraus. Als er das Gewehr auf mich richtete, ungeschickt und nur mit einer Hand, wahrscheinlich weil er wieder auf irgendwas war, setzte mein Überlebenstrieb ein.

„Papa, bitte … Was machst du denn …? Bitte lass mich los …"

Ich hörte mein Flehen wie die Stimme einer anderen Person. Ich versuchte, mich aus seinem Griff zu befreien, aber er war wie eine eiserne Fessel um meinen Arm.

Ein Schuss fällt, der meine linke Schulter streift, ein Bild an der Wand zerfetzt und die Wand durchschlägt.

Im Haus nebenan geht das Licht an.

Papa blickt erschrocken hoch.

Überleben.

Ich beiße ihm in die Hand und höre ein Jaulen.

Und dann renne ich.

Meine Erinnerung an diesen Tag und die Wochen danach ist brüchig. Zerstückelt. Laut Dr. Rashad aus Selbstschutz. Der junge Polizist hatte nach Krauseminze und einem billigen Aftershave gerochen. Er war es, der mich in das nächstgelegene Krankenhaus brachte, damit ich untersucht werden konnte, noch bevor er mich befragte. Der Polizist David war ein guter Mensch gewesen. Sicherlich war er das noch immer. Bestimmt hatte er eine hübsche Frau geheiratet und hatte jetzt Kinder. So wie Daniel und ich.

Kinder? Ich habe Kinder?

Bevor ich weiterdenken konnte, war Emmanuel wieder bei mir. Er sah mich sorgenvoll an, als wüsste er, was ich gerade dachte. Welche Erinnerung mich heimgesucht hatte.

„Anna. Du siehst ganz blass aus. Es tut mir so unendlich leid."

Es tat ihm leid? Was tat ihm leid? Was mir widerfahren ist? Dafür konnte er doch nichts.

Moment. Ich hatte ihm nichts erzählt, rein gar nichts. Woher also –

Der Zug bremste. Er ratterte immer langsamer und gemächlicher über die Gleise und kam an einem verlassenen Bahnsteig zum Stehen.

„Liebe Fahrgäste, es kam zu Verzögerungen im Betriebsablauf und wir sind unerwartet zum Stehen gekommen. Bitte bleiben Sie auf jeden Fall im Zug. Egal was Sie sehen oder hören."

Die nicht ganz mechanisch klingende Ansage verunsicherte mich. Egal, was wir sehen oder hören? Ich blickte Emmanuel an, immerhin schien er diese Strecke öfter zu fahren. Er legte mir eine Hand auf die Schulter.

„Bitte bleib' im Zug, Anna. Bitte geh' nirgendwo hin. Du weißt nie, was neben den Gleisen wartet." Der leichte Druck seiner Hand signalisierte mir eindeutig, dass ich seiner Anweisung besser Folge leisten sollte.

Und dann ließ er mich einfach allein im Bordrestaurant zurück. Schon wieder. Was hatte er denn so Wichtiges zu erledigen, wenn wir den Zug sowieso nicht verlassen durften? Ich seufzte schwer und blickte aus dem Fenster. Kornfelder, soweit das Auge reichte. Aus dem Augenwinkel jedoch nahm ich ein Flattern wahr. Dort, am Horizont. Ein dunkler Fleck, der nach kurzer Zeit wieder im Korn verschwand, und dann tauchte er wieder auf, aber diesmal näher.

8

Sicherlich hatte ich mir das nur eingebildet. Der Wind wehte durch das Kornfeld und ließ die Ähren wie Wellen im Meer aussehen, das war sicher alles. Wieder bekam ich ein ungutes Gefühl im Magen. Als hätte ich zu Hause den Herd angelassen. Aber Daniel hat ihn sicher ausgemacht, bevor wir losgefahren sind …

Mein gewissenhafter Daniel.

Dann machte sich ein weiteres, mir nur allzu vertrautes Gefühl in mir breit. Das Gefühl, nicht atmen zu können. Das Gefühl, als läge sich ein kaltes Band um mein Herz und meine Lungen und zöge sich immer enger zusammen. Mir blieb die Luft weg. Ich begann, vor Panik zu hyperventilieren. Aber woher kam die Angst? Wo war der Trigger? Ich saß im Zug, ich hatte gelesen … Und jetzt schnürte mir Panik die Luft ab. Ich versuchte, mich an die Entspannungstechniken, die Dr. Rashad mir mit auf den Weg gegeben hatte, zu erinnern.

Mein Atem ist im Hier und Jetzt, dort wo auch ich sein sollte.

Normalerweise gelang es mir. Aber nicht jetzt. Irgendwie konnte ich keinen Gedanken so richtig fassen.

Das Abteil kam mir plötzlich viel zu klein vor, die Wände kamen näher. Außerdem war ich auf einmal allein. Selbst der unheimliche Verkäufer hinter dem Tresen des Bordbistros war nirgends zu sehen.

Ich stand auf. Musste ein bisschen gehen, mir die Beine vertreten. Aber der Gang hier im Zug reichte nicht aus. Alles war zu eng.

Taumelnd fand ich mich im Türbereich wieder, die Türen waren weit offen. Warum, wenn die Passagiere den Zug nicht verlassen sollten? Ich trat nach draußen auf den Bahnsteig und meine Angst war wie weggeblasen. Ich spürte warmen Wind in meinem Haar und es roch sommerlich nach Getreide. Alles um mich herum war ruhig.

„Anna! Wir sind hier drüben!", hörte ich eine Stimme rufen, die ich jahrelang nicht gehört hatte.

Auf dem verlassenen Bahnsteig mit einem heruntergekommenen Wartehäuschen standen ein Mann und eine Frau. Den Mann erkannte ich sofort. *Papa.* Er sah genauso aus wie vor über zwanzig Jahren. Die verwaschene Jeans, die schon damals nicht mehr moderne beige Jacke ...

Wie konnte das sein?

Die Frau, die neben ihm stand, hockte sich hin und breitete die Arme aus, als würde sie ein Kind begrüßen wollen. Dann richtete sie sich langsam auf, ihr Gesichtsausdruck unverändert, als wüsste sie, dass das nicht ganz richtig war. Dass die Person, die sie begrüßte, kein Kind war. Aber das letzte Mal, als ich sie gesehen hatte, war ich ein Kind gewesen. Ich hatte ihre Nase und ihre hohen Wangenknochen, war ihr wie aus dem Gesicht geschnitten.

Fassungslos ging ich die paar Stufen zum Bahnsteig hinunter. Ich musste einen Kloß im Hals herunterschlucken und verstand nicht, warum. Meine Eltern warteten dort auf mich, holten mich am Bahnsteig ab, und dann würden wir nach Hause gehen und warmen Apfelstrudel und Eiscreme essen ...

Woher kamen diese Gedanken? Fast war mir, als würde ich sie gar nicht denken, sondern eher, als würde ich dazu *gebracht,* sie zu denken.

Aber Papa mochte doch gar keinen Blätterteig, erinnerte ich mich. Außerdem ist er doch ...

„Anna," begrüßte er mich nochmal und breitete die Arme aus.

Ich ging ein paar Schritte auf sie zu, wollte mich in seine und Mamas Arme werfen und einfach wieder eine Familie sein.

Irgendetwas stimmte hier doch nicht.

Ich blieb stehen. Der Wind ließ die goldenen Ähren um uns herum immer stärker wehen, ein warmer, angenehmer Sommerwind.

„Es tut mir so leid, meine Kleine", hörte ich die Frau sagen, die wohl meine Mutter war. „Ich hätte dich niemals allein lassen dürfen. Bitte lass es mich wiedergutmachen."

Tränen der Freude rannen heiß über meine Wangen. Wie oft hatte ich von diesem Augenblick geträumt? Mir vorgestellt, wie es sein würde, wenn Mutter einfach wieder in mein Leben treten würde und mich um Verzeihung bat. Ich ging weiter, bis ich nur noch ein kleines Stück von meinen Eltern entfernt stand.

„Komm, Anna. Nur noch einen Schritt, und du bist wieder bei uns. Wir können wieder zusammen sein. Nur noch ein bisschen,

Anna…" Sie sprachen in einem seltsamen Singsang, der sich wie eine schwere Decke auf mich legte. Ihre Fingerspitzen berührten fast meinen im Wind flatternden Ärmel.

„Komm, Anna. Nur noch ein bisschen, Anna…", wiederholten sie, und streckten die Hände weiter aus, und ihr Lächeln wurde immer breiter, fast wirkte es grotesk. Ich konnte das Pink in ihren Mundhöhlen sehen und das Glitzern der Freude in ihren Augen, aber es war, als zuckten ihre Lider vor Anstrengung.

„Papa… Mama…", hörte ich mich sagen und ich wollte die Hand ausstrecken, ich hob sie sogar an, aber dann –

„ANNA…!"

Emmanuels Stimme durchdrang die Schwere, die sich über mich gelegt hatte, und ich drehte mich zu ihm um. Er rannte, nein, hechtete den Bahnsteig entlang, der mir plötzlich viel länger erschien. Hatte ich mich so weit vom Zug entfernt?

„Anna, du darfst hier noch nicht aussteigen! Sie sind nicht die, für die sie sich ausgeben!"

Der Wind hörte auf zu wehen.

Zögerlich drehte ich mich wieder zu meinen Eltern um. Und er hatte Recht, sie waren ganz und gar nicht die, für die sie ich sie halten sollte. Was ich dort sah, konnte man nur als albtraumhaft bezeichnen – es war schrecklich und böse. Ihre Gesichter hatten sich hässlich verzerrt, ihre Augen verschwanden in Richtung Hinterkopf und zurück blieb eine große schwarze Öffnung, wo ihre Münder waren. Ihre Körper erschauderten und verlängerten sich, Arme und Beine brachen krachend an den Gelenken in die andere Richtung. Ihre Kleidung löste sich in Fetzen auf, blieb aber an ihnen kleben. Trotz alledem gaben sie ihre Versuche nicht auf, mich dazu zu bringen, sie zu berühren.

„Komm … uz nus Anna …"

Ich konnte mich nicht bewegen, ich versuchte zu schreien, aber mir versagte die Stimme. War das das Ende? Sah so die Hölle aus?

„Sie schaffen es nicht mehr, deine Sprache zu imitieren." Emmanuel war blitzartig neben mir und legte einen Arm um meine Schultern, was die Wesen nunmehr dazu verleitete, von mir abzulassen. Er zog mich hinter sich und verbarg mich vor ihnen.

„Geh zurück zum Zug, Anna. Lass' ihn nicht ohne dich abfahren."

Ich wollte ihm noch sagen, dass ich ihn unmöglich zurücklassen konnte, aber er sah mich mit einer Entschlossenheit an, die ich so noch nie bei irgendjemandem gesehen hatte und ich rannte los, so schnell mich meine Füße trugen. Als ich fast beim Zug angekommen war, blickte ich über meine Schulter auf den Bahnsteig. Emmanuel hatte einen Handschuh ausgezogen und hielt einem der Wesen seine Hand vor das grauenhafte Gesicht. Etwas an diesem Bild störte mich. Warum konnte ich das Gesicht noch immer sehen? Es war, als fehle Emmanuel seine Handfläche. Oder ein Stück davon. Und dort wo seine Handfläche sein sollte, brannte ein gleißendes Licht. Das Wesen schrie gequält auf und taumelte gegen das verwitterte Wartehäuschen.

Mehr konnte ich nicht mehr beobachten, denn es erklang eine Trillerpfeife und der Zug setzte sich ohne mich an Bord in Bewegung. Ich wusste, wenn ich es nicht schaffte, wieder einzusteigen, dann gäbe es sicher noch mehr von diesen Monstern, die in den üppigen Weizenfeldern auf mich warteten. Also rannte ich dem Zug hinterher, bis mir die Lungen brannten. Fast hatte ich es geschafft, nur noch ein bisschen …

„Anna! Nehmen Sie meine Hand!", erklang Debbies vertraute Stimme. Sie stand an der Reling hinten am Zug und hielt mir ihre behandschuhte Hand entgegen. Ich griff danach, aber sie entglitt mir. „Versuchen Sie es nochmal, Anna, geben Sie nicht auf!"

Ihr flog der teure Hut davon, aber es war ihr egal, sie wollte mir helfen. Ich konnte nicht mehr, mir taten die Beine weh, weiß der Himmel, wann ich das letzte Mal so gerannt war. Ich legte all meine Kraft in den Sprung, den ich schwerfällig machte, und meine Füße fanden den Vorsprung, auf den Debbie mich zog.

9

Debbie und ich saßen außer Atem vor der Zugtür hinter der Reling, während der Zug langsam aber stetig fuhr. Es kam mir seltsam vor, dass es diesen Vorsprung überhaupt gab, denn ich saß doch zuvor an Bord eines brandneuen Stromlinienzuges. Und jetzt befanden wir uns auf diesem Vorsprung aus Holz, und der alte Zug ratterte von einer Dampflok gezogen die Gleise entlang wie in einem Westernfilm.

„Er ist ziemlich beeindruckend, nicht wahr?", fragte Debbie nach einiger Zeit und es dauerte einen Moment, bis ich verstand, dass sie Emmanuel meinte. „Ich hatte ihn mir ein bisschen anders vorgestellt."

Verwirrt blickte ich sie an. Wie anders vorgestellt? Kannte sie ihn irgendwoher? Oh Gott. Emmanuel. Er hatte es unmöglich in den Zug zurückgeschafft. Hatten diese Geschöpfe ihn doch erwischt?

„Ich habe eher noch mit diesen Wesen zu kämpfen", antwortete ich ihr, als ich endlich wieder Atem schöpfen konnte. „Was … was sind sie …?"

Nach einiger Überlegung sah sie mich an und meinte, darüber könne sie auch nur spekulieren. „Meine Theorie ist", fuhr sie dann fort, „dass es diejenigen sind, die vergessen wurden. Vergessenwerden ist das Schlimmste an dieser ganzen Sache, nicht wahr, Miss Anna? Kein Mensch möchte vergessen werden."

„Das Schlimmste an welcher Sache? Was meinst du?"

„Na, das Sterben."

Sterben? Hatte ich das gerade richtig gehört?

Ein Bild flackerte in meinem Kopf auf:

Strahlend blauer Himmel mit vereinzelten Wolken. Daniels schönes Gesicht und die pure Angst darin. Hatte ich Daniel jemals so ängstlich gesehen? Ich glaube nicht. Ich sehe ihn die Arme ausstrecken, als wäre ihm etwas aus den Händen geglitten. Und meinen Schuh, meinen rechten Turnschuh.

Bevor ich mir darüber klar werden konnte, was dieses Bild bedeutete, hörte ich neben mir ein leises Wimmern. Debbie fing bitterlich an zu weinen und ihre Tränen benetzten den teuren Stoff ihres Chanel-Rocks. Sie weinte wohl nicht oft, ihr Schluchzen klang impulsiv und unkontrolliert, als müssten alle Gefühle auf einmal hinaus. „Ich hatte zwar viele Männer und damit meine ich wirklich viele … Aber ich habe nie Kinder bekommen. Und diese Männer …" Sie schniefte einmal laut. „… diese Männer haben mich bestimmt schon vergessen und gegen ein jüngeres und besseres Modell eingetauscht!"

Ich wollte ihr gerade meinen Arm um die bebenden Schultern legen, ihr sagen, dass alles gut werden wird, als ich langsam und allmählich realisierte, was sie mir gerade gesagt hatte.

Das Sterben? Nicht vergessen werden?

„Bitte vergessen Sie mich nicht, Anna!", schrie sie und krallte sich in meine Kleidung, „ich will nicht zu einer dieser Kreaturen werden! Bitte, Anna, oh bitte!" Ihr Weinen war inzwischen ein verzweifeltes Wehklagen. „Ich will nicht vergessen werden, Anna … Ich will nicht vergessen werden …!"

Würde Daniel mich vergessen …? Und meine Kinder? Vermissten sie mich?

Während ich Debbie in den Armen hielt und sie hin und her wiegte, wie ich es bei meiner Kleinen immer tat, wenn sie traurig oder aufgebracht waren, sah ich die Dinge endlich, wie sie waren. Wo vorher meine Gedanken neblig und undurchsichtig waren, überkam mich nun eine Welle der Klarheit.

Ich war mit Daniel und den Kindern zu den Klippen gefahren. Wir wohnten am Stadtrand, und bis in die Natur war es nicht weit. Wir hatten das Auto genommen, hatten auf dem Parkplatz einer Aussichtsplattform geparkt und unsere Wanderung begonnen. Dean hatte, wie immer, keine Lust gehabt, aber nach kurzer Zeit gefiel es ihm doch. Meine kleine Josie sammelte aufgeregt Blätter für eine Herbstcollage und Daniel ging wie immer zehn Meter vor mir und den Kindern. Es hatte mich genervt. An einem Abhang wurde ich zornig und fragte ihn, warum er es immer so eilig hatte, er könne doch wohl auf die Kinder und mich warten. Ich könne doch einfach schneller gehen, entgegnete er, wie er es immer tat, wenn er schlecht gelaunt war. Es artete in eine Grundsatzdiskussion über alles und nichts aus. Ich gestikulierte wild umher und redete mich in Rage, gleichzeitig hasste ich es, dass wir wieder einmal vor den Kindern stritten. So achtete ich nicht auf meine Umgebung und bekam nicht mit, wie ich mich dem Abhang ein Stück zu weit näherte. Rückwärts. Dann fühlte ich nur, wie etwas unter mir nachgab und ich den Halt verlor. Daniel hat wohl noch versucht, mich aufzufangen, aber ich fiel und kam hart auf, dann sah ich nur noch Schwärze.

Kurze Zeit später bin ich dann in diesem Zug aufgewacht. In diesem Zug ins Jenseits? Sah so der Tod aus? Plötzlich fühlte ich noch etwas anderes. Panik, Wut … Mein Herz raste, wollte mir schier aus der Brust springen. Ich konnte doch nicht tot sein. Ich hatte doch so viel vor. Josies Fußballspiel nächsten Sonntag. Deans Englischtest, für den ich versprochen hatte, mit ihm zu lernen …

Langsam stand ich auf. Ich entschuldigte mich mechanisch und einsilbig bei Debbie, was sonst so gar nicht meine Art war.

Irgendwie musste ich aus diesem Zug raus. Ihn anhalten. Den Tod anhalten. Von der nackten Angst, der allzu menschlichen Angst vor dem Tod übermannt, rannte ich los und ließ Debbie allein zurück, rannte den engen Gang entlang, vorbei an den anderen Menschen – den anderen Seelen (?), – die sich nach mir umdrehten. Alles verschwamm, die Landschaft vor den Fenstern, die inzwischen in die goldroten Farbtöne eines herrlichen Sonnenuntergangs getaucht waren, das Innenleben des Zuges, alles. Mich verfolgten die vielen Augen des Zugpersonals und der Blick des unheimlichen Fahrkartenkontrolleurs, aber ich lief unentwegt weiter, bis ich am Führerhaus ankam. Zu meiner Überraschung ließ sich die Tür ganz einfach öffnen. In meiner Panik riss ich sie auf und ließ sie lautstark hinter mir zufallen. Völlig außer Atem sah ich mich um. Ich wusste, es sollte mich eigentlich nichts mehr überraschen, alles war möglich, aber im Führerhaus war niemand. Es war vollkommen leer.

10

Ein Zug, der ins Jenseits fuhr und keinen Fahrer hatte? Aber nicht nur das, es gab in dieser Lok auch keinen Bremshebel, keine Bedienelemente, es war nur ein leerer Raum an der Spitze eines Zuges mit riesigen Fenstern. Es wirkte futuristisch und so gar nicht wie der Rest des Zuges, der sich nach meiner Begegnung mit diesen Kreaturen im Weizenfeld in eine alte Eisenbahn verwandelt hatte.

„Du fragst dich, was du tun kannst, nicht wahr?"

Es wunderte mich nicht im Geringsten, dass plötzlich Emmanuel hinter mir stand.

„Du fragst dich, warum ich? Warum jetzt?"

„Was bist du?", fragte ich ihn schließlich. Langsam dämmerte mir, dass er mehr war als ein nach Patschuli duftender Reisender in Ledersandalen. Seltsam … Hatte er vorhin nicht noch Sneaker getragen?

„Viel wichtiger ist, dass du herausfindest, wer *du* wirklich bist, Anna Porter", entgegnete er mir.

„Ich bin tot, nicht wahr?"

„Noch nicht. Du befindest dich aber auf der Reise dorthin. Auf der Reise, die jeder einmal antreten muss."

Ich musste schwer schlucken. Warum fühlte ich mich noch so körperlich, wenn ich doch tot war? War mein Körper hier oder nur meine Seele? Ich dachte immer, im Tod findet man Frieden. Man würde es als Tatsache akzeptieren, gestorben zu sein. Dennoch wehrte ich mich dagegen, mit allem, was ich hatte.

„Ich bin noch nicht bereit ...", erklärte ich Emmanuel, was ich empfand.

Er antwortete wiederum mit einem finsteren Gesichtsausdruck.

„Erinnere dich, Anna. Du hast schon so oft gesagt, dass du sterben möchtest und dass deine Familie ohne dich besser dran sei. Das hast du oft gesagt. Du wünschst dir, bei deinem Vater zu sein, ist es nicht so, Anna?"

Mit jedem Wort versetzte er mir einen Stich direkt ins Herz. Weil seine Worte wahr waren. Ja, das alles hatte ich gesagt – oder gedacht? – in diesen dunklen Stunden, in denen die Angst und die unendliche schwarze Traurigkeit siegten. In denen ich auf dem Boden saß und meine Tränen unaufhaltsam flossen. In denen ich nichts tun konnte, außer zu schluchzen und mich hin und herzuwiegen. Nur Daniel und Dr. Rashad wussten von diesen Momenten und vielleicht Gott, durch verzweifelte Gebete. Woher also wusste Emmanuel so viel darüber? Er hatte den Nagel auf den Kopf getroffen.

„Wer ... wer bist du ...?", brachte ich unter Tränen erneut hervor und spürte, wie die Dunkelheit wieder in mich drang, als nütze sie die Poren meines Körpers als Pforte.

Emmanuel schien meinen Schmerz zu spüren: Er kam auf mich zu und nahm meine Hände in seine. Sie waren unglaublich warm, und diese Wärme durchströmte mich, ging ebenfalls durch meine Poren und zog die Dunkelheit aus mir heraus. „Die wichtigere Frage ist, Anna, wer bist du? Was willst du wirklich? Willst du leben oder sterben ...?"

Sein Licht gab mir meine Antwort.

Bilder brechen über mich herein wie Wellen: Daniel, wie er „Ja, ich will", sagt. Daniel, wie er mir die Zehennägel kirschrot lackiert, weil ich durch meinen riesigen Schwangerschaftsbauch nicht mehr an meine Füße komme. Deans erstes Wort: „Mama". Josie, die einen Milchzahn beim Fußballspielen verliert und mich stolz angrinst, „Schau, Mama. Bald kommt die Zahnfee …"

„Ich will leben," höre ich mich sagen. „Ich will zu meiner Familie. Ich will leben …" Ich spüre und schmecke salzige Tränen. Aber diesmal sind sie reinigend und gut.

„Dann geh. Lebe. Wache auf und lebe."

Ich höre den sich wiederholenden Ton eines Gongs.

„In Kürze erreichen wir unser Ziel. Bitte beachten Sie beim Aussteigen die Lücke zwischen Zug und Bahnsteigkante."

Gong … Gong … Gong … Piep … Piep … Piep …

11

Mein Herzschlag. Mein Herzschlag ist das Piepen. Er kommt aus einer Maschine neben meinem Bett. Das Erste was ich bewusst wahrnehme, ist ein Geruch. Erdbeeren. Aber noch etwas anderes. Es riecht süß, künstlich und kitzelt in der Nase. Ich seufze und drehe den Kopf, um das Kitzeln loszuwerden.

„Mama …?"

Josephine?

Ihre Stimme klingt verweint und ich spüre Nässe an meinem Schlüsselbein.

„Mama …! Mama …!"

Seltsam, denke ich. Dabei nennt sie mich sonst „Mom", weil sie cool sein will wie ihr großer Bruder. Ihr kindliches Weinen zerreißt mir das Herz, aber ich bin zu schwach, sie zu trösten. Alles tut weh, mein ganzer Körper, ich kann meinen Arm nicht heben, dabei will ich es so sehr. Sie in die Arme schließen und die Tränen wegkuscheln.

Bald realisiere ich, dass ihr Weinen nicht traurig ist, sondern freudig. Sie weint vor Erleichterung, dass ihre Mama nicht tot, sondern aufgewacht ist und wieder gesund wird.

Dann ist da ein anderer Duft, nicht Josies Haarshampoo. Ein frischer, zeitloser Duft nach Sandelholz ... Daniel. Ich spüre seine Hand, oder eher seine Hände, beide um meine rechte Hand gelegt. Träge blicke ich auf und sehe, dass seine Augen gereizt und rot sind, er muss viel geweint haben. Aber mein Daniel weint doch nie ... Hat er um mich geweint ...?

„Anna, *oh, dear God*, Anna ..." Er hat sich aufgerichtet und küsst meine Schläfe, aber ich spüre seinen Kuss nicht richtig. Da ist ein Verband. „Darling, ich dachte, wir hätten dich verloren ..."

Jemand drückt den roten Knopf, um die Schwester zu rufen. Es kann nur Dean sein, mein Erstgeborener. Mein großer kleiner Junge ... Ich sehe ihn am Fußende meines Krankenbetts, er traut sich irgendwie nicht zu mir. In seinen Augen spiegelt sich Erleichterung. So wie bei Josie, aber auch etwas anderes. Klarheit, dass er fast seine Mutter verloren hätte. Und Angst, dass er sie jederzeit wieder verlieren könnte. Ich kenne diesen Blick, habe ihn oft genug bei mir selbst gesehen. Ich werde ihm helfen, die Angst zu überwinden.

Dass die Schwester kommt, bekomme ich nicht wirklich mit, wahrscheinlich bin ich in den Schlaf abgedriftet. Kurz danach betritt ein grauhaariger Mann im weißen Kittel mein Zimmer.

Der Fahrkartenkontrolleur?

Nein, das kann ja nicht sein. Es ist der Chefarzt, der mich abtastet und die Bildschirme ansieht. Ich bekomme nur Wortfetzen mit.

„Ein Wunder.", höre ich den Arzt sagen, „Sie … sehr viel Ruhe …" Er beugt sich über mein Bett zu mir. Ich sehe endlich seine Augen. Sie sind freundlich und warm. „Willkommen zurück, Anna. Das war knapp."

Die nächsten Tage schlafe ich viel. Aber ich bin auch viel wach. Langsam fange ich wieder an, mich wie ein Mensch zu fühlen. Mein Mann ist fast die ganze Zeit bei mir, er überhäuft mich mit Zuneigung und erzählt mir alles, was über den Tag passiert ist. Ich habe ihn noch nie so viel reden gehört. Aber ich habe auch noch nie so viel geschwiegen. Josie hat mir eine Blume aus

Papier gebastelt und Dean ist fast wieder er selbst. Er hat bei dem Videospiel nicht weitergemacht, dass wir vor unserem Ausflug bis zwei Uhr morgens gespielt hatten. Ohne mich ist es nicht dasselbe, sagt er. Ich habe vor lauter Freude noch mehr geweint.

Irgendwann bin ich dann alleine und lese Zeitung. Ich blättere durch die Artikel der vergangenen drei Wochen, aber ich fühle mich, als wäre ich mindestens ein halbes Jahr „weg" gewesen. Ich weiß nicht warum, aber ich sehe mir die Todesanzeigen an, auch wenn ich hier in dieser Stadt, die seit meinem Studium meine Heimat ist, niemanden kenne. Zumindest niemanden in meinem Alter, der so früh sterben sollte. Ein Name und ein Bild fallen mir sofort auf: Diese Frau kenne ich. Ich darf sie auf keinen Fall vergessen.

EPILOG

Anna Porter kam einmal im Monat auf den Friedhof im Norden der Stadt. Dort wo die Luxushäuser und -wohnungen waren. Wo die Schickeria wohnte. Und jedes Mal brachte sie Deborah Marie Johannsen eine Mohnblume an ihr Grab. Ihr Mann und ihre Kinder wussten nicht, warum sie das tat, aber sie fragten nicht weiter nach. Was Daniel Porter jedoch wusste, war, dass seine Frau in ihrem Koma eine Erfahrung gemacht hatte, die er niemals verstehen würde und dass manche Dinge keine Erklärung hatten. Manche Dinge brauchten auch keine.

Ihr Koma hatte Anna verändert. Sie genoss ihr Leben wie nie zuvor und schien zu sich gefunden zu haben. Sie war geerdet, hatte ihr Trauma als Teil ihrer Person akzeptiert, aber sie ließ die Dunkelheit nicht länger an sich heran. Fast war es, als prallte sie von ihr ab. Als wisse sie nun endlich um das Licht, das Daniel schon so lange in ihr sah, und wusste es als Waffe gegen die Schatten einzusetzen, die an ihr abperlten wie Regentropfen an einem Lotusblatt.

Nach jedem Friedhofsbesuch gingen die Porters in der Stadt zum Eisessen, im Winter wärmten sie sich an einem der vielen Glühweinstände. So auch heute, an einem Tag im Spätherbst. Anna bezahlte gerade für kandierte Äpfel, als sie ihr Lieblingslied hörte. Sie drehte sich um und ließ ihren Blick schweifen.

Ein paar Meter weiter, auf der anderen Seite des Brunnens, spielten Straßenmusiker „Paradise City" von den *Guns'n'Roses* in einer langsamen Akustikversion. Einer der Sänger sang einen Teil des Refrains in einem fantastischen Falsett, und sie sah neugierig hin. Fast blieb ihr das Herz beim Anblick des Mannes stehen, dem die Stimme gehörte.

Emmanuel hatte die langen Haare zu einem hohen Zopf frisiert. Er traf Annas Blick und schenkte ihr ein Lächeln. Sie wusste, es war nur für sie bestimmt. Dann wandte er sich wieder der Band zu. Sie lächelte ebenfalls und sah kurz weg, als ihr der Standbesitzer das Wechselgeld reichte. Sie wollte zur anderen Seite und Emmanuel Danke sagen, ihn umarmen, ihm zeigen, wie glücklich sie war. Als sie jedoch wieder hinsah, war er verschwunden. Aber das war in Ordnung, denn sie wusste, irgendwann würde sie ihn wiedersehen und sich bedanken können. Sich dafür bedanken, dass er ihr das Leben geschenkt hatte.

Ende

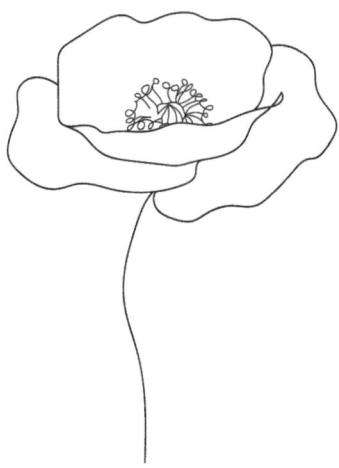

Danksagung

Ich danke meinem wundervollen Ehemann, der mir die größte Stütze im Leben ist. Und meinem Kind, das am Anfang seines Lebens schnell durchschlief und mich schreiben ließ.

Insbesondere danke ich auch meinen Testleserinnen Christina, Melanie, Lydia, Andrea, Marita und Marine, die mich beflügelten. Ich liebe euch, ihr seid Gold.

Außerdem geht mein Dank auch an das Team von Fidelitas Autorenservice, für dessen fähige und kompetente Unterstützung, sowie an Nata, meine brillante Cover-Künstlerin.

Danke zuletzt auch dir, lieber Leser, der du hoffentlich Gefallen an meinem Werk hattest.

Herzlichst,
  Dominique